Couvertures supérieure et inférieure
en couleur

COUVERTURES SUPERIEURE ET INFERIEURE D'IMPRIMEUR

Les fleurs sous la neige

ET D'IMPRIMERIE TROUVE DANS LA RELIUE

chaque sonnerie, soit religieuse, soit civile, ne pourra
inutes pour les cérémonies ordinaires et trente minutes
nonies solennelles. — Sont assimilés aux cérémonies
s cas prévus par l'article 4.

ART. 7

e des cloches en volée est interdite pendant les orages.

ART. 8

cas où en raison de l'état de solidité du clocher, le
es cloches présenterait un danger réel le Maire, pourra,
forme d'un architecte, et après en avoir référé au Préfet,

LES FLEURS SOUS LA NEIGE

In-12 3ᵐᵒ Série

Le sourd-muet

LES FLEURS

SOUS LA NEIGE

PAR

Mᵐᵉ LEBASSU-D'HELF.

LIMOGES

MARC BARBOU ET Cᵗᵉ, IMP.-LIBRAIRES

Rue Puy-Vieille-Monnaie

CHRISTOPHE COLOMB

———

Par une brûlante journée d'été, un homme d'un âge mûr et un jeune garçon s'acheminaient vers le couvent de la Rabida, situé sur une colline, à une demi-lieue de Palos, en Andalousie. Leur marche était celle de gens accablés de fatigue. L'enfant surtout. pâle et défait, se traînait avec effort.

— Encore un peu de courage, mon

re Diégo, disait cet homme à l'enfant, tu vas te reposer tout-à-l'heure.

— Et toi, père, n'es-tu pas bien las●

— Oui, je le suis; un peu d'ombre et de repos me seront doux.

Et l'homme et l'enfant retombèrent dans le silence, qu'ils avaient rompu par les paroles qu'on vient de lire.

Le plus âgé des voyageurs paraissait avoir une quarantaine d'années. Son front large et élevé indiquait une vaste intelligence; sa physionomie était grave et réfléchie; son regard prenait tour à tour l'expression de l'enthousiasme et de la méditation, et, dans de certains moments, des éclairs d'inspiration faisaient soudainement rayonner ce pâle et noble visage.

Les deux voyageurs venaient d'arriver à la porte du couvent; le père de l'enfant sonna; un moine parut sur le seuil de la orte.

— Mon frère, dit le voyageur, au nom de Dieu, donnez, je vous prie, à mon fils un verre d'eau et un peu de pain.

Entrez dans la cour, et asseyez-vous

sur ce banc, dit le frère portier; je vais chercher ce que vous me demandez.

Tranquillisé sur son enfant, l'étranger reprit le cours de ses rêveries. Il songeait au passé, interrogeait l'avenir, et une solennelle tristesse se répandait sur ses traits.

Le moine revint apportant de l'eau fraîche, du pain et quelques fruits secs. Lorsque l'enfant fut rassasié, et tandis que son père, debout devant la grille du jardin, jetait des regards distraits sur la campagne, le bon moine adressa quelques questions à Diégo.

— Vous avez beaucoup marché, à ce qui me semble? dit-il.

— C'est bien sûr, répondit l'enfant : nous étions ce matin au bord de l'Odiel.

— Où allez-vous maintenant?

— Dans la ville d'Huerta, demander un asile au frère de ma mère.

L'étranger se rapprocha de son fils, et, voyant qu'il avait cessé de manger, il remercia le moine, et dit à Diégo :

— Il faut nous remettre en route.

1.

Mais, quand l'enfant voulut se lever, ses pieds se trouvèrent tellement enflés qu'il retomba sur le banc. Force fut de se décide à une plus longue halte.

Le moine était rentré dans le couvent. L'enfant venait de s'endormir, et son père, assis à côté de lui, le regardait d'un air tendre et impatient. Le prieur du couvent, Juan Perez de Marchenna, revenait de la ville; il vit à la porte l'étranger et son fils. Jugeant, à leurs vêtements usés, à leurs souliers couverts de poussière, que c'était des gens qui parcouraient la campagne en mendiant, il s'en approcha un maravédis à la main.

— Je ne demande pas l'aumône, dit l'étranger se levant avec dignité.

Frappé de l'expression fière et intelligente de cette noble tête, le prieur fit ses excuses à l'inconnu et lui adressa en termes polis et obligeants quelques questions sur le but de son voyage.

Celui-ci répondit qu'il était en marche pour se rendre dans une ville prochain quand la chaleur du jour et la lassitude de son fils l'avaient forcé de s'arrêter pour demander quelques secours.

— J'attends maintenant le réveil de cet enfant pour continuer mon voyage, dit en finissant l'étranger.

— Etes-vous si pressé d'arriver que vous ne puissiez rester ici le temps nécessaire pour rendre des forces à votre fils?

Ces paroles et l'accent de bonté qui les accompagnait furent agréables au voyageur.

— Aucune obligation ne me contraint de poursuivre ma route à l'heure même

— Alors venez avec moi, vous et votre fils partagerez le repas des moines, et nous causerons ensemble.

— Je suis peu habitué au bon accueil des hommes, le vôtre me fait du bien, mon père, et j'accepte votre offre. C'est à Christophe Colomb que vous donnez l'hospitalité.

— Vous êtes Christophe Colomb! dit le prieur en tendant la main au grand homme; je remercie la Providence de vous avoir conduit ici : combien je serai heureux de m'entretenir avec vous du grand projet qui vous occupe, dont la connaissance est venue jusqu'à moi !

Guidé par le prieur, Colomb porta dans l'intérieur du couvent Diégo toujours endormi, et, après l'avoir déposé sur un lit, il se rendit chez Juan Perez, qu'il instruisit de sa vie passée et des espérances qu'il nourrissait en lui.

Christophe Colomb, selon certains auteurs, était issu d'une race noble, mais pauvre; l'opinion la plus générale lui donne pour père un artisan de Gênes, ville où naquit Colomb. Il fit ses études à Pise, et commença, à l'âge de quatorze ans, le cours de ses voyages. Ce fut après plusieurs navigations dans la mer du nord; à la suite de savantes recherches, de longues observations, et aidé de l'expérience qu'il avait acquise, qu'il eut la perception de la sphéricité de la terre et d'un autre continent inconnu. Que de fois, au milieu des solitudes de l'Océan, quand le soleil fuyait vers les points occidentaux, l'illustre navigateur, suivant des yeux l'astre enflammé, s'écria avec l'accent de l'inspiration :

— Non! ce n'est pas seulement sur l'abî-
me des eaux que le soleil va maintenant
promener sa lumière; lorsqu'il quitte nos
régions, c'est pour aller porter le jour dans
d'autres contrées où se lève l'aurore quand
nos yeux contemplent ici les dernières clar-
tés du couchant!

Avant de communiquer aux hommes les
révélations de son génie, Colomb voulut
laisser s'amortir en lui les élans de l'enthousiasme, les joies ravissantes d'une immense
conception, afin de présenter une conviction basée sur la prudence, l'expérience et
le raisonnement, sans mélange des impressions qui séduisent et abusent.

Ce moment venu, Colomb fit hommage de
sa découverte à Gênes sa patrie, et lui demanda les moyens d'aller la vérifier. Le
croirait-on? cet homme aux puissantes facultés, au génie prophétique, il fut mé-
connu, raillé, on le traita de visionnaire,
et le ridicule, le mépris, essayèrent leurs
traits contre ce cœur héroïque.

Rebuté par ses compatriotes, Colomb porta
ses plans à Venise, où il reçut le même

accueil. Sans se décourager, car les hommes providentiels ont une constance proportionnée à la grandeur de leurs desseins, Colomb se présenta successivement au pape, au roi de Portugal, aux ministres d'Espagne, partout il rencontra le doute, l'ironie, les refus insultants.

Je lasserai le sort, dit le grand homme.

Et il écrivit à Charles VIII, qui régnait en France, implorant son appui pour l'exécution de sa vaste entreprise. Charles, occupé de ses guerres en Italie, ne put faire ce qu'il aurait voulu pour Colomb. Celui-ci, pressé par la nécessité, s'embarqua de nouveau, emmenant avec lui son fils Diégo, et laissant son autre fils auprès de dona Félipa, sa mère.

Il commandait un navire dans la guerre de Venise contre la France. Des grenades lancées sur des vaisseaux français tombèrent dans le navire de Colomb et l'incendièrent. Pour échapper à la mort, Colomb se jeta à la mer, tenant Diégo dans ses bras. Aidé du vent et des vagues, il atteignit les côtes d'Espagne.

Il avait traversé une partie de ce pays, s'arrêtant dans les villes pour dessiner des cartes de géographie, dont la vente le faisait vivre, ainsi que son enfant; il arriva ainsi au couvent de la Rabida, d'où il devait se rendre chez son beau-frère.

Les moments que Colomb passa avec le prieur des Franciscains lui furent doux et précieux. Juan Perez était un homme instruit, avide de connaissances nouvelles; il écouta avec admiration les projets de Colomb, s'associa à ses espérances, et partagea le brûlant désir du navigateur de nouer la chaîne brisée de l'humanité, en allant porter à des peuples inconnus la civilisation et les lumières de l'Évangile. Après un long et solennel entretien, où deux nobles âmes avaient fraternisé, Colomb quitta le prieur avec les vœux de ce dernier pour le succès de son entreprise, et porteur d'une lettre dans laquelle Juan Perez parlait avec enthousiasme de Colomb, et le recommandait avec instance au confesseur de la reine Isabelle, don Fernando de Talavera.

Muni de cette lettre, et d'après le conseil

de son nouvel ami, au lieu de se diriger
sur Huerta, Colomb se rendit à Cordoue,
où la cour était alors. Il apprit dans cette
ville la mort de son beau-frère, duquel il
n'avait pas eu de nouvelles depuis douze
ans. Cette circonstance, qui lui ôtait une
dernière ressource, lui fit bénir davantage
la rencontre du prieur des Franciscains.

Don Fernando, prévenu en faveur de
Colomb par la lettre de Juan Perez, le reçut
avec des égards qui touchèrent cet homme
malheureux et accrurent ses espérances.
Cependant la guerre contre les Maures, qui
cherchaient à se maintenir en Espagne,
absorbait l'attention d'Isabelle et de Ferdinand, son époux. Malgré la bonne volonté
de Fernando, les instances de Colomb ne
furent pas écoutées, ses sollicitations n'eu-
rent aucun résultat.

Après avoir attendu durant plusieurs années avec une invincible patience, Colomb
jugea qu'un plus long séjour en Espagne
n'amènerait rien de mieux pour lui. Il venait de recevoir du roi de France une lettre
favorable à ses projets; il se décida à se

rendre à Paris. Instruit de cette détermination, Juan Perez accourut auprès de Colomb, et le conjura d'attendre encore quelques jours avant d'abandonner à jamais l'Espagne; puis, ayant obtenu une audience d'Isabelle, dont il avait été autrefois le confesseur, il plaida la cause de Colomb avec tant de chaleur et d'éloquence, il fit si bien valoir les avantages que retirerait l'Espagne de la réalisation du dessein du grand navigateur, que la reine consentit enfin à recevoir Colomb.

Celui-ci parla à sa royale protectrice et à Ferdinand avec une assurance modeste, une inébranlable conviction. Il fut écouté avec intérêt, et l'on convint de mettre à sa disposition trois navires.

Pour mener à bonne fin une si haute entreprise, il était nécessaire que Colomb fût investi d'une autorité sans limites : il reçut des deux souverains le titre d'amiral et celui de vice-roi des pays qu'il découvrirait.

Le cœur pénétré de reconnaissance pour Juan Perez, Colomb fit activement les préparatifs de son départ, et, le 3 août 1491 il mit à la voile dans le port de Palos

Un vent frais poussait rapidement trois légers vaisseaux qui s'ouvraient une route dans les vagues d'azur où réfléchissait le ciel. Les rayons du soleil en se brisant sur les flots les revêtaient de lames d'or qui s'enchâssaient les unes dans les autres, et présentaient aux yeux éblouis une oscillation radieuse dont les extrémités se terminaient en traînées brillantes. Debout sur le pont de la *Santa-Maria*, Colomb attachait un œil attentif et interrogateur sur l'espace incommensurable qui s'étendait devant lui.

La *Santa-Maria* était suivie de la *Pinta* et de la *Nina*. Quatre-vingt-dix hommes composaient l'équipage de la petite escadre.

Depuis deux mois l'amiral était en mer, et rien encore n'indiquait la terre qu'il avait annoncée. A l'enthousiasme des premiers jours, alors que tous ces hommes croyaient marcher à la conquête sûre et prochaine des biens rêvés par une imagination séduite, succédaient le découragement et la crainte. Perdus dans cet océan inconnu, où nul na-

vigateur, avant eux, n'avait osé se hasar-
der, ils regrettaient de s'être confiés aux
promesses de Colomb.

Les provisions diminuaient sensiblement,
et à l'appréhension d'un mal réel se joi-
gnaient les fantômes qu'enfante la terreur.

Quelques-uns de ces hommes, se rappe-
lant les discours de la sottise et de l'ignorance, s'imaginaient que Colomb était un
sorcier ayant commerce avec les démons,
et que Satan seul lui avait soufflé la pensée
d'un autre monde comme une occasion de
livrer à l'enfer des hommes sans secours;
d'autres, moins stupides, attribuaient à
l'orgueil de Colomb la conception de ce
monde inconnu. L'amiral, pensaient ceux-
ci, avait forgé cette fable pour se donner de
la célébrité, et il cherchait maintenant, pour
lui et pour les hommes qui l'accompagnaient, un tombeau dans l'Océan, dans
l'espoir d'envelopper son nom d'un mystère
immortel.

Ces pensées, lor temps comprimées, se
firent jour; l'équipage se révolta et demanda

Impérieusement à Colomb d'être ramené en Espagne.

— Mes amis, répondit Colomb, votre maître et le mien m'a ordonné d'aller à la recherche d'un nouveau monde ; tant que je vivrai, et avec l'aide de Dieu, je persévérerai dans mon entreprise.

Ces mots courageux, l'attitude majestueuse de l'amiral, la grandeur que l'espérance imprimait à son front, et enfin l'ascendant du génie firent plier ces volontés rebelles. Tous gardèrent le silence à l'exception de Pédro, le contre-maître, qui allait répliquer. Colomb ne lui en laissa pas le temps, et, s'adressant de nouveau à l'équipage, mais cette fois en termes affectueux et doux, il ranima par ses encouragements les cœurs abattus. Chacun obéit aux ordres de l'amiral et retourna aux fonctions qui lui étaient assignées.

Huit jours se passèrent sans apporter aucun changement à la situation des choses. L'irritation fermentait de nouveau au fond des âmes ; mais la révolte avait pris une autre allure : elle se formait dans l'ombre et le silence.

Après être resté plus d'une heure en observation à la proue du vaisseau, et sans se rendre positivement compte de ce qu'il entrevoyait à l'horizon, l'amiral donna l'ordre à Martin Pinzon, commandant de la *Pinta*, d'aller à la découverte, vers un point qu'il lui indiquait.

L'équipage devina l'espérance de Colomb, les cœurs se dilatèrent, les visages s'éclaircirent; on attendait avec anxiété! Trois coups de canon se firent entendre sur la *Pinta;* c'était le signal convenu pour annoncer la vue de la terre. Des acclamations de bonheur, une joie délirante, accueillent cette heureuse nouvelle.

— Nous sommes sauvés! s'écrient tous les hommes en s'embrassant.

Et les manœuvres redoublent pour atteindre cette nouvelle terre promise!

Mais la *Pinta* a reviré de bord : au lieu de poursuivre sa route, elle vient rejoindre les deux autres bâtiments; et, dès que Pinzon est à portée de la voix, il apprend à Colomb qu'il s'est trompé, et que ce qu'il avait pris pour une île n'étaient qu'une illusion du mirage.

Cette déception, qui d'ailleurs n'était pas la première, porta la consternation et le désespoir parmi les marins; l'irritation contre leur chef devint plus menaçante.

— C'est fini, disaient-ils, nous ne reverrons plus notre pays ni notre famille; on veut nous faire marcher jusqu'à l'écueil qui doit nous engloutir.

Et des larmes de colère coulaient sur quelques-uns de ces mornes visages.

— Hommes sans volonté, dit Pedro avec une amère ironie, vous pleurez, et vous continuez d'obéir à Colomb, qui vous sacrifie à son orgueil opiniâtre, lorsque vous avez là (il montrait la mer) le silence, la mort et la tombe !

— C'est vrai, dirent quelques voix, c'est notre lâcheté qui nous perd.

Plusieurs matelots firent un mouvement vers la chambre de Colomb en disant :

— Oui, sa mort nous rendra libres.

D'autres matelots les retinrent et furent

d'avis de laisser la vie à Colomb, mais de l'attacher à fond] de cale jusqu'au retour en Espagne. Ce dernier parti fut rejeté comme faisant courir des risques à l'équipage, qui pouvait se voir condamné pour sa révolte envers l'amiral.

Enfin, après diverses propositions, on s'arrêta au premier projet; mais il fut convenu qu'on attendrait la nuit pour exécuter la sentence qui venait d'être prononcé contre Colomb ; cette troupe mutinée craignait encore la puissante énergie de la victime et l'effet de sa parole souveraine.

Un officier de Colomb, qui n'avait pas osé s'opposer ouvertement aux desseins de l'équipage, mais qui gardait à son maître une inviolable fidélité, trouva le moyen de lui faire connaître ce qui se tramait contre lui.

Colomb remonta sur le pont; l'immuable tranquillité de son front n'avait point été troublée.

— Mes amis, dit-il d'une voix ferme et calme, je sais vos projets sur moi : vous avez décidé ma mort pour cette nuit !

Quelques-uns restèrent interdits ; les plus hardis répliquèrent :

— Eh bien ! oui, vous mourrez, à moins que vous ne changiez à l'instant de direction pour nous ramener en Espagne

— La mort me serait plus facile que ce que vous me demandez.

Ces paroles amenèrent de bruyantes clameurs sur les bâtiments.

— Il faut en finir tout de suite, prononcèrent plusieurs voix.

Pédro s'avançait vers Colomb d'un air menaçant.

— Retirez-vous ! lui dit l'amiral avec un geste plein de grandeur et d'autorité.

Puis, se retournant du côté de la foule murmurante, il dit :

— Des chrétiens ne peuvent refuser quelques heures de grâce à l'homme qui va mourir ! Je vous demande cette nuit pour mettre en ordre les notes que j'ai prises depuis que nous sommes en mer.

— C'est pour gagner du temps, fit observer un matelot.

-- Ce désir suffirait peut-être pour motiver ma demande, répliqua Colomb d'un sourire noble et doux.

Il ajouta :

« Mais, vous tous qui connaissez ma pensée, vous savez bien que ce n'est que comme moyen que j'apprécie ma vie et que je souhaite la prolonger. »

Après ces paroles, et sans attendre de réponse, l'amiral rentra dans sa chambre et se mit à ranger ses papiers.

Les marins, immobiles, se regardaient les uns les autres ; l'intrépidité généreuse de Colomb les avait encore une fois subjugués, sans pourtant ôter de leur cœur le ressentiment qu'ils nourrissaient contre lui.

— Pourquoi aucun de vous ne s'est-il joint à moi ? dit Pédro d'un ton courroucé ; nous serions libres maintenant !

— Pourquoi ? pourquoi ? répondit un matelot : parce que cet homme damné a quelque chose dans le regard qui vous lie les bras et les jambes.

Pédro haussa les épaules et regarda le matelot avec mépris.

2

Cependant, ces hommes cruels et supers-
titieux, qui se préparaient à un meurtre abo-
minable, furent presque tous d'avis qu'ils
devaient accorder à leuramiral les moments
nécessaires pour se préparer à la mort;
mais ils convinrent en même temps qu'on
n'attendrait pas le jour pour se défaire de
Colomb; la nuit aide au crime.

Durant cette veille suprême, l'amiral se
montra grand comme sa destinée; sans
haine pour ses bourreaux, il déposa dans
un dernier écrit les vœux qu'il formait pour
qu'un autre fût plus heureux que lui dans
la sublime recherche qui allait lui coûter
la vie, et donna des indications précises
pour faciliter le retour de ses meurtriers.
Néanmoins, malgré la magnanimité de ses
sentiments, de mortelles angoisses déchiraient l'âme de Colomb. Mourir! quand
l'immense route qu'il avait parcourue lui
présageait le terme prochain de son voyage!
Mourir! avant d'avoir assuré à sa famille,
sans autre appui que lui, la récompense de
ses travaux! Quitter, avant de l'avoir
vue couronnée, cette unique pensée de sa

vie, qui s'était identifiée à toutes ses impressions, en imprimant son sillon dans toutes ses peines, en rayonnant sur toutes ses espérances!

« Terre promise à mes inspirations! disait-il dans l'amertume de sa douleur, mes yeux ne verront pas tes ombrages, mes pieds ne fouleront pas ton sol! Peut-être es-tu assez près de moi pour que mon cadavre aille flotter sur tes rives! mais nul ne saura ce privilége de la mort, cette entrée sans bonheur et sans gloire dans une triste conquête! Mon Dieu! tant de déceptions, tant de vaines supplications, tant de démarches difficiles, tant de dégoûts, d'affronts, de rebuts, d'outrages, pour arriver où je suis, et ne pouvoir recueillir le fruit de toutes ces épreuves! Serait-ce donc un tort de vouloir faire du bien aux hommes, puisque leur volonté s'acharne ainsi contre moi? »

Dans cette profonde détresse du cœur, Colomb tourna son esprit vers la céleste image qui rayonne sur le passé. Il se transporta à cette nuit sainte et mystérieuse du

ardin des Oliviers ! Il vit le Christ accablé
ous le double poids de l'ingratitude et d
la souffrance humaine !

« Sauveur du monde ! s'écria-t-il en levant la tête vers le ciel, où resplendissaient
des myriades d'étoiles, n'êtes-vous entré
dans la voie des tourments que pour y appeler ceux qui, comme vous, aiment l'humanité et désirent le règne de l'Evangile ?
Votre œuvre s'est accomplie après votre
mort; la mienne, tout humble qu'elle est
auprès de la rédemption, aura peut-être le
même sort : un autre suivra ma trace, le
lien que je voulais établir se formera par
les mains d'un plus heureux que moi, et ma
mort n'empêchera pas que toutes les parties
du monde ne vous bénissent et vous ado-
rent !

Après cet acte d'une pieuse résignation,
Colomb resta debout et pensif devant l'im-
mensité des eaux, où régnait un calme profond et solennel. Une brise embaumée vint
à lui et le fit tressaillir; ces parfums de
'air indiquaient certainement l'approche de
la terre, et pourtant ce serait en vain qu'il

irait communiquer son espoir à ces homme
obstinés dans leurs découragements, et
abusés, il faut le dire, par plus d'une erreur
de ce genre.

Tout à coup, un grand bruit se fait entendre sur les vaisseaux, les voix se croi-
sent et s'animent; un officier se précipite
dans la chambre de l'amiral : il tient à la
main une branche chargée de fruits et
fraîchement coupée de l'arbre !

— Voici ce que les vagues viennent de
nous apporter, dit-il.

Colomb contient sa joie ; il va sur le pont,
et demeure l'œil fixé du côté d'où lui est
venue la brise révélatrice.

Il découvre à l'horizon une lumière qui
changeait de place et disparaissait par in-
tervalles. Les cœurs sont encore une fois
ranimés. On obéit à l'amiral avec promptitude et soumission; il commande de carguer
les voiles et prescrit une grande vigilance
sur le gaillard d'avant. Deux heures s'écou-
lent dans l'anxiété et l'observation la plus
attentive ; tous appellent, par de brûlants
désirs, le lever du soleil.

2.

Il parut, et montra aux yeux enchantés une terre verdoyante couverte d'arbres vigoureux, dont les uns ét... ns chargés de fleurs, les autres de fruits.

Ivres de joie, les Espagnols s'embrassent, se félicitent ; ils entourent l'amiral et lui demandent pardon .

D'une voie émue, Colomb leur dit :

--- Remercions celui qui nous a protégés de son ombre et conduits, comme par la main, à travers une mer sans orages et sans écueils, pour nous faire arriver à cette terre d'un si magnifique aspect.

Il s'agenouilla, et tout l'équipage avec lui. Après avoir prié avec effusion et reconnaissance, les matelots entonnèrent l'hymne à la Vierge, à l'Étoile du matin.

Les trois vaisseaux voguaient rapidement vers les rivages fleuris qui captivaient tous les regards, lorsqu'on vit sortir des bois et accourir vers la mer des hommes nus, à la peau couleur de cuivre. Ils paraissaient frappés de curiosité et d'admiration à la vue des vaisseaux qui avançaient vers eux. Arrivé près du bord, l'amiral fit jeter l'ancre et descendit dans une chaloupe suivie de deux autres où se pressaient les Espagnols.

En mettant le pied sur terre, Colomb et ceux qui l'accompagnaient se prosternèrent pour en baiser le sol sauveur. Ayant pénétré p...s avant, Colomb, qui tenait en main le pavillon royal, prit solennellement possession de cette île au nom des souverains d'Espagne, et l'appela terre de San Salvador.

A la descente des Espagnols dans l'île, les habitants étaient retournés dans les bois, d'où ils épiaient avec crainte les mouvements des étrangers. Quand ils virent que ceux-ci ne se mettaient pas à leur poursuite, ils se rassurèrent et avancèrent timidement jusqu'à eux. Après avoir considéré un moment les Espagnols, ils s'agenouillèrent, et leurs gestes firent comprendre qu'ils les prenaient pour des dieux et les adoraient comme tels.

Ils s'enhardirent progressivement. Colomb souffrit avec patience les marques naïves de leur admiration, et sa bonté dissipa toutes leurs craintes.

On était impatient de savoir si cette île renfermait de l'or : c'était maintenant l'unique pensée des compagnons de Colomb L'exploration qu'on en fit montra partout une végétation brillante et féconde, mais on ne trouva nulle trace du métal si ardemment désiré.

Alors Colomb s'embarqua de nouveau pour continuer ses recherches. Il rencontra un groupe d'îles vertes et fertiles : c'étaient les Lucayes. Il les visita, et, n'y ayant pas trouvé autre chose qu'à San-Salvador, il se dirigea vers l'île de Cuba, que les Indiens désignaient comme riche en mines d'or.

Colomb y aborda vers la fin d'octobre. A mesure qu'il pénétrait dans ces admirables contrées, il éprouvait d'inexprimables enchantements. Les pics-verts, les perroquets aux mille couleurs, sautaient de branche en branche sur les arbres; les oiseaux-mouches au plumage diamanté venaient se reposer sur les fleurs et boire le nectar dans leur calice embaumé; sur l'herbe, sur les plantes s'agitaient des myriades d'insectes brillants desquels jaillissaient une éblouissante lumière : tous ces êtres, ces arbres, ces fleurs, ces fruits, recevaient une surabondance de vie des ardeurs d'un soleil brûlant, et un éclat plus animé de la transparence de l'air et de la profonde sérénité des cieux.

Après un court séjour dans l'île de Cuba, qui ne réalisait pas ce qu'il en avait espéré, Colomb s'embarqua, et arriva, le 6 décembre, dans l'île d'Haïti, qui reçut alors le nom d'Hispaniola.

Le cacique Guacanagari, chef des Indiens de cette île, reçut Colomb avec joie et bienveillance, et lui fit des présents en signe d'amitié. Parmi ces présents se voyait un baudrier ingénieusement travaillé et orné de figures dont les yeux, la langue et le nez étaient d'or.

Le but de Colomb était d'atteindre quelque riche contrée où il pût établir le centre d'un vaste commerce, et qui lui présentât des objets d'une grande valeur à remporter en Europe. Il n'avait point encore rencontré cela, et pourtant il était impatient de retourner en Espagne rendre compte de sa mission. Remettant donc à un second voyage la poursuite de ses recherches, il fit les apprêts du retour. Une garnison fut laissée dans l'île, et la *Santa-Maria* cingla vers la patrie d'Isabelle.

Un immense concours de peuple se pressait dans les rues de Barcelone, les cloches retentissaient dans les airs, la joie rayonnait sur tous les visages, des acclamations délirantes accueillaient l'arrivée de Colomb.

Monté sur un cheval andalous, revêtu du costume d'amiral, l'illustre navigateur recevait avec un honneur modeste les témoignages flatteurs de l'admiration générale. Les populations regardaient avec un intérêt mêlé d'étonnement les oiseaux inconnus, les plantes nouvelles, les lingots d'or, le merveilleux baudrier ; mais les insulaires amenés par Colomb fixaient par-dessus tout l'attention publique. Une vingtaine d'Indiens choisis dans la jeunesse des îles, marchaient de chaque côté du char sur lequel étaient déposés les objets curieux apportés de la terre étrangère. La couleur de leur peau, les desseins coloriés de leurs visages, leur donnaient un aspect singulier qui n'était pas sans agréments.

Cette marche triomphale conduisit Colomb au palais de ses souverains. Ferdinand et Isabelle l'attendaient assis sur leur trône, sous un dais de brocart d'or. Les noblesses de Castille, de Valence, d'Aragon, assistèrent à cette imposante cérémonie.

Lorsque Colomb parut, le roi et la reine se levèrent.

Il s'avança, et mit un genou en terre pour baiser leurs mains.

Les souverains le relevèrent de la manière la plus gracieuse, et le firent asseoir en leur présence : rare honneur réservé aux plus grands Espagnols. A la demande d'Isabelle, Colomb raconta les principaux événements de son voyage. Ce récit excita de vives émotions. Lorsqu'il fut fini, Ferdinand et Isabelle tombèrent à genoux, l'assemblée les imita, et les remercîments de la reconnaissance s'élevèrent vers Dieu.

Durant le séjour de Colomb à Barcelone,

Ferdinand et Isabelle l'accablèrent de marques d'estime et de considération. Le roi parut souvent en public ayant le prince Juan à sa droite, l'amiral à sa gauche. Il fut permis à Colomb de joindre les armes royales aux siennes, représentées par un groupe d'îles.

Les courtisans, qui naguère écrasaient le grand homme de leurs mépris, le recherchaient alors avec empressement, lui prodiguaient toutes sortes de basses flatteries. Les savants qui l'avaient accusé d'impiété, de folie, le fatiguaient de leurs hypocrites louanges. Et Colomb, au milieu de cet enivrant concert, gardant la modération dans son cœur, la simplicité dans sa vie, reportait à Dieu cet encens.

Mais ce dont il se sentait infiniment touché, c'était de quelques amitiés fidèles et généreuses qui n'avaient pas attendu sa gloire pour se montrer ; au premier rang il plaçait celle du prieur des Franciscains. Quant au peuple, c'était de l'idolâtrie qu'il faisait éclater à la vue de l'amiral.

Après avoir savouré quelque temps ces

jouissances suprêmes, Colomb, craignaet qu'un tel éclat de renommée n'excitât l'envie, ne provoquât les haines, se décida à faire un second voyage.

Cette fois tout ce qu'il demanda lui fut accordé. L'enthousiasme conduisi' sur ses vaisseaux plus de quinze cents personnes, qui voulurent aller chercher, sous le pavillon de l'illustre navigateur, les périls, la fortune et le succès.

Colomb découvrit successivement les îles Dominique, Marie-Galande, la Guadeloupe, Antigoa, Saint-Christophe.

Arrivé à Hispaniola, il ne retrouva aucun des Espagnols qu'il avait laissés. Ceux-ci, après avoir commis les plus grands excès, avaient été mis à mort par les ordres d'un cacique fixé au nord de l'île.

Pour éviter le renouvellement d'un pareil désastre, l'amiral fit tracer l'enceinte d'une ville, et, après deux ans de travaux continus, s'élevèrent une église, un palais pour Colomb, de grands magasins et un nombre considérable de maisons. Cette ville reçut le nom d'Isabella.

Dans les expéditions qui suivirent les deux premières, Colomb découvrit avec de nouvelles îles, le continent américain.

Ce qu'avait craint et prévu la prudence de l'amiral arriva : une gloire si éclatante, une vertu si haute, blessaient l'orgueil de tous ceux qu'éclipsait la réputation de Colomb. On se demanda quand viendraient ces richesses annoncées et promises; quels avantages avait procurés à l'Espagne la découverte de quelques rochers stériles dans un climat lointain. Parmi les hommes qui avaient suivi Colomb, il se trouvait des aventuriers, qu'une vie désordonnée, des crimes même forcèrent de quitter leur pays. Ces hommes portèrent à Isabella leurs habitudes de débauches et de violences. L'amiral se vit forcé d'user envers eux d'une justice sévère. Ses actes furent qualifiés, par ses ennemis, d'abus de pouvoir, d'odieuse tyrannie, et chaque jour Ferdinand entendait des rapports calomniateurs sur le compte du vice-roi d'Hispaniola.

Un jour, sans que Colomb en eût été prévenu d'aucune manière, Bobadilla, envoyé de la cour d'Espague, arriva dans l'île, et, montrant un décret signé de Ferdinand et d'Isabella, il s'empara des biens du viceroi, le fit charger de chaînes et l'envoya en Espagne.

Cette fois encore les populations se portèrent au-devant de Colomb; mais quel changement sur la figure et autour du héros! Les fatigues et les chagrins l'avaient rendu méconnaissable. Son corps courbé, ses cheveux blanchis avant l'âge, l'auguste expression du malheur empreinte sur ces traits, sa contenance brisée, faisaient sur les cœurs une impression profonde; mais, quand on aperçut les chaînes dont étaient liées les mains qui avaient offert le présent d'un monde nouveau, une colère généreuse se manifesta de toutes parts : l'expression en fut portée jusqu'aux pieds du trône. Ferdinand et Isabelle rougirent d'avoir, par des mesures trop sévères, provoqué un si indigne traitement. De nouveaux ordres furent expédiés. Les chaînes de Colomb tombèrent, et, durant le reste du voyage, on lui rendit les honneurs qui lui étaient dus. Arrivé à Grenade, Colomb se présenta devant ses souverains, il leur exposa les motifs de sa conduite, et retraça tout ce qu'il avait souffert. En l'écoutant parler, en voyant l'altération de cette noble tête, Isabelle ne put retenir ses larmes. Ces témoignages d'une haute sympathie, succédant aux outrages de Bobadilla, attendrirent Colomb. Il tomba aux pieds de la reine, et y demeura un moment sans voix.

Isabelle le releva avec bonté, et désavoua, ainsi que Ferdinand, les actes de Bobadilla. Tous deux promirent que cet agent serait puni pour avoir ainsi outrepassé ses pouvoirs, et que Colomb obtiendrait une entière justice : promesses mensongères qui ne devaient point s'accomplir.

Colomb attendit longtemps le jour des réparations; ce jour ne se leva pas sur sa vie:

La mort d'Isabelle lui ôta son plus ferme appui. Alors une de ces grandes tristesses qui suivent d'amères déceptions s'empara de l'âme de l'illustre vieillard.

Il cessa de paraître à la cour, où la froideur du monarque lui disait trop bien que sa présence et ses réclamations étaient importunes : elles rappelaient un immense service mal récompensé !

Accablé d'infirmités dues aux souffrances de son orageuse vie, le cœur ulcéré de l'ingratitude des hommes, il se retira à Valladolid.

Un jour, après avoir béni sa famille, qui l'entourait, il leva vers la voûte céleste un regard sublime de douleur et d'espérance, et dit :

— Mon Dieu ! faites que le bonheur des cieux me dédommage de la gloire de la terre !

Deux heures après, ses paupières étaient fermées, l'homme du quinzième siècle n'existait plus.

LE SOURD-MUET

Le pauvre Adrien était venu au monde avec la double infirmité de la surdité et du mutiste. Ses parents, humbles artisans du village de Nanterre, crurent ne pouvoir mieux faire pour dédommager Adrien de son malheur que de le laisser libre d'agir entièrement à son gré.

Cet abandon le livra à tous les mauvais penchants. Il passait ses journées à vagabonder, et, le soir, en rentrant à la maison, il avait toujours un motif pour brutaliser ses frères et ses sœurs; et ceux-ci, tant était grande la compassion qu'inspiraient ses infirmités, supportaient sans se plaindre la tyrannie d'Adrien.

A la fête de Nanterre, Adrien, réuni à d'autres enfants de son âge, s'amusait sur la place où se tenait la foire.

Depuis quelques moments ils faisaient, non sans motif, la ronde autour de la boutique d'une marchande de gâteaux.

Celle-ci s'étant approchée d'une voisine pour lui demander de la monnaie, l'un d'eux lance un coup de pied à la table sur laquelle sont étalés les gâteaux, et la petite boutique, avec sa marchandise, tombe et roule dans la poussière. La bonne femme se mit à crier, le coupable s'enfuit à toutes jambes; ses camarades, au nombre desquels était Adrien, font les empressés, et ramassent les gâteaux afin d'en soustraire quelques-uns :

en effet ils en glissent sous leurs habits et s'échappent en riant.

Mais la bonne femme a vu leur larcin ; elle crie, et retient Adrien comme faisant partie de la mauvaise bande.

Adrien fait des gestes furieux ; mais il se démène en vain : un homme venu au secours de la marchande a saisi l'enfant par l'oreille et le conduit au corps-de-garde malgré sa résistance. Tandis qu'on l'entraînait ainsi malgré sa colère et ses larmes, le curé, qui sortait de l'église pour se rendre au presbytère, aperçut Adrien dans ce piteux état. Il s'approcha pour connaître la cause de la rigueur exercée sur l'enfant, et, quand il sut l'événement, par pitié pour l'infirmité d'Adrien, il demanda sa grâce, offrant une pièce de cinq francs pour le dégât qui avait eu lieu.

Le respect qu'inspirait le curé fit qu'on céda à ses désirs.

L'enfant fut remis en liberté ; il comprit, par un signe du pasteur, qu'il devait rentrer chez ses parents. Il ne se le fit pas dire deux fois : l'effroi était encore dans son cœur, il

3.

avait besoin de revoir sa mère pour être entièrement rassuré.

En voyant revenir son fils les yeux rouges, la physionomie effarée, madame Morin lui demanda par gestes ce qui lui était arrivé.

Et la pauvre mère se sentait déjà aussi émue que son fils.

Celui-ci fit entendre tout ce qui venait de se passer. La famille entière le comprit, et fut saisie de frayeur à l'idée de l'arrestation d'Adrien.

Vers le soir on reçut la visite du curé. Chacun s'empressa auprès du pasteur, en le remerciant de la protection dont il avait couvert Adrien.

— Il vous a raconté cela? dit M. Himbert.

— Oui, répondit le père, et je serais allé vous remercier aujourd'hui même si je n'avais pas craint de vous importuner au milieu des saintes occupations du dimanche.

Après avoir parlé avec intérêt du triste sort d'Adrien et de la nécessité de chercher les moyens de l'adoucir, le curé dit :

— Vous savez, comme moi, que l'infirmité

d'Adrien n'a pas permis de l'instruire comme les autres enfants, de ce qu'exige la loi de Dieu. Il ignore, le pauvre petit, qu'il a une âme dans laquelle doivent être semées les vertus comme le bon grain dans le sein de la terre. Il est temps, mes amis, de l'élever à la dignité de chrétien, et de lui apprendre le but et les obligations de la vie. Je viens donc vous conseiller une séparation qui pourra d'abord vous sembler bien difficile ; mais elle est d'un trop grand intérêt pour Adrien, pour ne pas vous hâter d'y consentir.

— Où donc pourrions-nous placer ce cher enfant? demanda la mère émue.

— Je vais adresser une demande pour son admission dans l'établissement des jeunes sourds-muets, à Paris. Là vous pourrez aller le voir, et vous serez bien heureux, sans doute, en jugeant des effets d'une éducation qui donnera à votre fils la vertu et l'intelligence, et le rapprochera ainsi du bonheur qui se fonde sur la connaissance de Dieu et la pratique du bien.

— Je sens, monsieur le curé, dit Morin

tout ce qu'il y a d'avantageux dans l'offre que vous nous faites. Je me suis souvent affligé en songeant que notre enfant se conduisait mal sans bien comprendre tous ses torts, et parce que nous ne pouvions lui enseigner ce qu'il devait faire : j'accepte donc avec reconnaissance ce que vous avez la bonté de nous proposer.

— Il se trouvera bien malheureux séparé de moi, dit la mère avec une tristesse résignée.

Adrien, appuyé sur l'épaule de celle-ci, regardait M. Imbert d'un air inquiet : il devinait qu'on parlait de lui, et l'expression du visage de madame Morin lui causait une crainte vague.

Les démarches nécessaires à l'admission d'Adrien durèrent deux mois, pendant lesquels sa mère tâcha de le préparer au changement qui allait s'opérer dans sa manière de vivre.

Il montrait une vive répugnance à l'idée de s'éloigner, et ce n'était pas sans trouble que sa famille pensait au moment du départ.

Ce moment arriva ; on emmena Adrien moitié de gré, moitié de force.

En se trouvant au milieu de camarades dans la même position que lui, en voyant leurs gestes animés et rapides, dont l'expression parvenait immédiatement à son esprit, l'enfant parut d'abord charmé ; mais, quand les sourds-muets, sortant de l'ordre physique, voulurent l'interroger sur les connaissances qu'il pouvait avoir, il ne sut plus leur répondre. Cette intelligence sans culture était à l'état de profond sommeil.

Se retournant alors vers sa mère, Adrien lui fit signe qu'il voulait s'en aller.

Elle pleurait, mais ne se disposait point à céder au désir de son fils, qu'elle embrassait avec tendresse.

Morin prit à son tour l'enfant dans ses bras, et le pressa contre sa poitrine, en laissant voir beaucoup d'émotion.

Quand il le quitta, Adrien ne vit plus sa mère, mais seulement tous ses nouveaux camarades qui l'entouraient.

Il s'élança vers la porte. Plusieurs élèves

barrèrent le passage ; d'autres le retenaient par des caresses et des gestes d'exhortation. Un des professeurs vint joindre ses conseils aux invitations des élèves.

Voyant qu'il ne lui était pas possible de fuir, Adrien se mit à sangloter. Sa douleur fut extrême durant plusieurs jours.

Les premières études le trouvèrent rétif, indiscipliné. Il eut avec quelques-uns de ses camarades les manières brutales dont ses frères avaient eu jadis à souffrir ; mais les premiers, moins patients que les autres, et qui d'ailleurs n'étaient pas retenus par le sentiment fraternel, répondirent aux agressions d'Adrien par des procédés du même genre.

Les maîtres furent aussi obligés d'employer des moyens sévères pour dompter ce naturel peu traitable.

Adrien comprit qu'il lui fallait se soumettre à la règle d'obéissance imposée à tous, ou continuer la vie de punition qu'il menait depuis son entrée dans l'établissement.

Il prit le premier parti.

Le fils de Morin avait un esprit vif, mais enfoui sous l'ignorance de toutes choses ; l'éducation le fit entrer dans un nouveau monde, celui des idées. Il connut les devoirs des hommes, et quel éternel destin doit suivre la courte existence d'ici-bas.

Ces grandes pensées de la religion firent sur son âme un effet prodigieux ; il y trouva une nouvelle naissance. Les progrès dans l'étude suivirent l'amélioration de son caractère, et deux années suffirent pour le rendre digne de l'estime de ses maîtres et de l'attachement de ses condisciples.

L'abbé de l'Épée fut le premier qui s'occupa d'éclairer, d'instruire la classe infortunée des sourds-muets, qui, avant lui, était réduite à une triste et honteuse végétation.

Voici comment il se trouva poussé dans cette voie inconnue jusqu'alors.

Madame M*** avait, parmi ses enfants, deux filles sourdes-muettes. L'abbé Famin, ami de la famille, essaya, sans méthode, de remplacer chez les deux jeunes filles l'ouïe et la parole; mais il fut enlevé par une mort prématurée avant d'avoir pu obtenir quelques succès marqués. Les deux sœurs et leur mère étaient inconsolables de cette perte lorsqu'une heureuse circonstance vint leur rendre l'espoir.

L'abbé de l'Épée eut l'occasion d'aller dans cette maison. La mère ne s'y trouvait pas. Il entre au salon où travaillaient les deux sœurs ; elles lui rendent son salut en silence, et baissant les yeux sur leur ouvrage. Il leur adresse la parole, les interroge sur l'absence de madame M***, point de réponse !

Et il remarqua chez les jeunes filles un embarras ressemblant à la souffrance.

Blessé d'un tel accueil, il allait se retirer quand madame M*** rentra.

Tout s'expliqua. L'abbé partagea l'affliction de cette triste mère, et prit la résolution de continuer la tâche commencée par l'abbé Famin. Il réfléchit, imita, crayonna, et sa vie n'eut plus qu'un objet, la création d'un enseignement régénérateur pour les sourds-muets.

Qu'ils furent difficiles, pénibles, les pre-

miers essais de l'inventeur! Privé de tout
secours dans une carrière hérissée d'obstacles, il se sentit souvent embarrassé, jamais découragé ; enfin sa généreuse patience reçut son prix; il parvint à rendre
ses élèves à la société, à la religion.

Plusieurs années après, la mort l'arrêta
dans son noble travail. Sa méthode n'était
pas arrivée au degré de perfection qu'elle
devait atteindre plus tard par les soins de
l'abbé Sicard, disciple de l'abbé de l'Épée,
qui lui succéda et fut placé à la tête de l'institution des sourds-muets.

C'était sous la direction de cet homme
célèbre, et par les leçons de M. Paulmier,
élève de l'abbé Sicard, qu'Adrien recevait
la vie de l'esprit et du cœur; aussi sa reconnaissance pour eux était-elle profonde, et
trouvait-il insuffisants tous les moyens de
l'exprimer.

Après cinq années passées dans l'institution, il se vit compté au nombre des élèves
les plus distingués. Morin et sa femme
étaient heureux, comme on peut le penser,
des progrès de leur cher enfant, et c'était

avec une effusion toujours nouvelle qu'ils remerciaient le bon curé auquel ils devaient ce bonheur.

Le concile tenu à Paris en 1801 était fermé; mais, avant de quitter la capitale, les dignitaires de l'Église demandèrent à entendre les sourds-muets en séance publique.

Ce jour-là, toute la famille d'Adrien vint pour jouir de ses succès.

En entrant dans la salle des séances, Morin, comme sa femme, cherchait du regard Adrien.

Les yeux de la mère le distinguèrent vite sur l'estrade où il figurait à côté de ses condisciples.

— Tenez, tenez, dit-elle au reste de la famille, le voici, là-bas, entre ces deux jeunes messieurs. A-t-il une bonne mine, ce brave enfant!

Dès qu'Adrien eut reconnu ses parents, il leur fit des signes d'amitié en attendant le moment de les embrasser.

Après avoir considéré Adrien de la tête aux pieds et s'être extasiée sur sa bonne mine, la famille donna alors son attention à l'assemblée nombreuse dans laquelle elle se trouvait.

Les cardinaux et les archevêques en l'honneur desquels avait lieu cette séance étaient placés au centre de la salle, sur des siéges élevés.

— Comment Adrien osera-t-il répondre devant tous ces seigneurs-là ? dit un de ses frères.

— Je sais bien, reprit un autre, que moi, qui sais, dans l'occasion, me servir de ma langue, je ne pourrais rien dire devant une telle compagnie.

— Oh ! dit la mère avec un sentiment d'orgueil, c'est qu'Adrien a plus d'esprit que nous tous; c'est un savant maintenant.

— Regarde donc par ici, dit Morin à sa femme ; n'est-ce pas M. le curé qui vient d'entrer et qui s'assied derrière MM. les cardinaux ?

— Vraiment oui, c'est bien lui. Ah ! je suis fort contente qu'il vienne entendre notre cher Adrien.

— Qu'est-ce que tu dis donc ? entendre notre pauvre garçon !...

— Je ne veux pas dire... mais j'entends...; enfin, je me comprends.

Adrien n'oubliait pas que M. Himbert était la première cause de sa nouvelle existence, il l'aimait comme un bienfaiteur. Il lui avait envoyé un billet d'entrée dans une lettre où il exprimait en termes bien sentis sa profonde reconnaissance.

L'abbé Sicard parut sur l'estrade, la séance commença.

Les élèves, interrogés sur toutes sortes de matières, répondirent de la manière la plus satisfaisante. Les questions étaient faites par les personnes de l'assemblée ; M. Paulmier les transmettait du geste aux élèves, qui écrivaient leurs réponses sur un grand tableau d'ardoise où s'attachaient tous les yeux.

Nous rapporterons quelques-unes de ces réponses, admirables de science et de justesse.

On demandait :

— Quels sont les avantages de la vie civilisée sur la vie solitaire et sauvage ?

— Les avantages de la vie civilisée sont de connaître Dieu, de l'aimer, de l'adorer ; de pouvoir se rendre utile ou agréable à la société, soit par sa bonne éducation, ses talents, sa vertu, soit en possédant des arts d'agrément ou des sciences utiles; enfin, de raisonner ensemble, de s'aimer, de s'en tr'aider.

D'autres personnes demandèrent la définition de la reconnaissance, de l'espérance. Un vieillard fit passer cette question écrite sur une carte :

— Qu'est-ce qu'une difficulté ?

A ces trois demandes il fut répondu :

— La reconnaissance est la mémoire du cœur.

— L'espérance est la fleur du bonheur en bouton.

— Une difficulté, c'est la possibilité avec obstacles.

La famille Morin fut peu touchée de ce qui se dit avant et après le tour d'Adrien ; mais quand elle le vit, l'œil ardent, l'attitude expressive, suivre avec attention les gestes qui lui manifestaient la pensée d'autrui ; quand des battements de mains et des murmures d'approbation témoignèrent la satisfaction que faisaient éprouver les réponses d'Adrien, ce fut un immense bonheur pour elle ; peu s'en fallut que l'heureuse mère ne s'évanouît de plaisir et ne se mît à crier, en désignant Adrien :

— Celui-ci est mon fils !

Elle pleurait d'attendrissement, tandis que le reste de la famille faisait maintes exclamations afin de faire comprendre autour d'elle qu'Adrien lui appartenait.

Enfin, un autre élève ayant pris la place du fils de Morin, la tranquillité se rétablit.

Après la séance, les parents se répandirent dans les salles d'étude pour embrasser leurs enfants. On doit juger si les caresses furent prodiguées à Adrien.

— Comment as-tu donc fait pour apprendre tout ça ? lui demanda son frère aîné.

— Et tous ces beaux messieurs qui t'applaudissaient, les as-tu vus ? disait à son tour Jeannette.

— Est-ce que vous perdez la tête, vous autres, prononça le père, de lui parler comme à ceux qui ont les oreilles ouvertes ?

— Dame ! répliqua Pierre, il a dit tant de belles choses que je n'ai pas comprises qu'on ne sait plus à quoi s'en tenir.

Adrien se montrait plein de tendresse pour tous. Depuis que la religion avait touché son cœur, ennobli son esprit, il ne se rappelait qu'avec attendrissement la bonté patiente avec laquelle tous les membres de sa famille supportaient autrefois les exigences de son humeur, la fougue de son caractère.

Au milieu de ces douces effusions, M. Paulmier survint pour dire à Adrien de le suivre chez M. l'abbé Sicard ; et, reconnaissant M. et madame Morin, il les engagea à ne point se retirer avant le retour de leur fils.

Cette circonstance surprit la famille: Quel pouvait être le motif qui faisait mander Adrien, lorsque ses camarades restaient libres de s'entretenir avec leurs parents ? Fallait-il en augurer quelque chose d'heureux ou de fâcheux ? Ce qu'il y a de certain c'est que la recommandation de M. Paul-mier était tout-à-fait inutile. Pour tout au monde la famille ne serait point partie sans avoir satisfait sa curiosité.

Conduit par son instituteur, Adrien trou-va plusieurs personnes chez l'abbé Sicard : au nombre de ces personnes était M. Him-bert. Adrien courut à lui, se jeta dans ses bras, et exprima, par des gestes expressifs, le souvenir qu'il conservait de ses bontés.

Le bon curé, après l'avoir embrassé, lui montra le cardinal de B***, assis auprès de l'abbé Sicard, et lui fit signe de s'en appro-cher. Adrien éprouvait quelque embarras devant Son Eminence. L'abbé Sicard l'en-couragea d'un geste amical, et lui dit que Sa Grandeur l'ayant remarqué dans les exercices qui venaient d'avoir lieu, elle avait conçu l'idée de l'emmener en Italie, pour être le compagnon et l'instituteur d'un jeune garçon de douze ans, sourd-muet et neveu du cardinal.

—Voilà, dit en finissant l'abbé Sicard, le

motif qui m'a fait vous appeler ici. Monsei-
gneur attend votre réponse.

Adrien resta comme ébloui, à cette proposition : elle était tellement au-dessus de ce
qu'il aurait pu imaginer qu'il ne savait comment y répondre.

— Eh bien ! accepte-t-il ? demanda le
cardinal.

Le fils de Morin prit une plume et traça
rapidement ces mots sur le papier :

« Je suis pénétré de l'honneur que me fait
Son Eminence en me jugeant digne d'entrer
dans sa maison avec l'emploi d'instituteur;
je crains seulement de ne pouvoir justifier
un choix si honorable. C'est à notre véné-
rable directeur de décider cela : dans l'affir-
mative, mon acceptation ne saurait être
douteuse, si toutefois mes parents y consen-
tent. »

Le cardinal parut content de cette réponse : il pria le directeur de faire savoir à
la famille d'Adrien la proposition dont celui-
ci était l'objet, ayant l'intention de l'emmener en quittant Paris.

4

— Les parents d'Adrien ont assisté à la séance, dit l'abbé Sicard ; ils doivent être encore ici, on peut les consulter.

M. Paulmier retourna avec Adrien auprès de M. et madame Morin, à qui il fit part du désir du cardinal.

Ceux-ci en furent extrêmement flattés : la possibilité d'un refus ne se présenta pas à leur esprit, quoique cet éloignement de longue durée les attristât.

— Et quand reverrons-nous ce cher enfant ? dit la mère avec un soupir.

— Il est probable, répliqua l'instituteur, que Son Eminence permettra à votre fils de venir au moins tous les deux ans passer quelque temps auprès de vous.

— Oui, dit Morin, mais, en quittant un palais, se plaira-t-il dans notre humble maison ?

L'instituteur transmit cette réflexion au sourd-muet. Celui-ci fit un geste de surprise, et fit comprendre que ce qu'il appréciait le plus dans la situation qu'on lui offrait, c'était d'y trouver le moyen d'être utile à sa famille.

La décision des parents d'Adrien fut donc telle que le cardinal la souhaitait.

Il accorda trois jours à Adrien pour ses préparatifs de voyage et ses adieux à sa famille, et il lui remit, comme avance sur son traitement, une bourse renfermant vingt pièces d'or. Il savait que les parents du sourd-muet ne jouissaient pas d'une grande aisance : c'était un don déguisé.

Adrien atteignait ses dix-huit ans. Cinq années s'étaient écoulées depuis son départ de Nanterre. Personne ne pouvait reconnaî-tre dans ce jeune homme, poli, doux, sérieux, le vaurien dont chacun jadis redoutait les mauvais tours.

Ce fut une admiration générale lorsqu'on sut qu'il allait faire l'éducation du neveu d'un prince de l'Eglise. On s'empressait de venir le voir et il inspirait autant d'estime qu'il faisait autrefois éprouver d'aversion.

Il alla plusieurs fois s'entretenir avec M. Himbert, et tous deux, armés d'une plume et de tablettes, se communiquaient tour à tour leurs pensées.

— Pourrais-je jamais assez vous remercier, disait Adrien, de m'avoir retiré de la vie honteuse dans laquelle je vivais, pour me faire entrer dans une voie de lumière, de connaissances et de vertus, où j'ai connu mon créateur, compris mon âme et trouvé le bonheur ! Je rougis à la pensée de ce que j'étais avant que vous m'eussiez tendu une main secourable.

— Je suis heureux du bien que je vois en vous, mon fils, sans en être étonné pourtant, répondit le curé, car il appartient à la religion, à l'éducation, de transformer l'homme, de créer des êtres nouveaux, et de faire sortir des germes de sainteté là où avait crû le mauvais grain.

L'AVEUGLE-NÉE

Après avoir passé vingt années de sa vie dans les soins et les travaux qu'exige l'éducation, mademoiselle Rosalie, qui, dans cette honorable profession, avait gagné deux mille livres de rente, se rendait auprès de son frère, chez lequel elle comptait finir ses jours. Ce n'était pas le bonheur qui l'atti-

4.

rait, car elle savait quelle amertume avait répandue dans la maison de ce frère le malheur de sa fille unique, aveugle de naissance; mais il lui était doux de penser que sa présence et les manifestations d'une tendre sympathie aideraient aux consolations que le temps avait dû apporter dans l'acceptation d'un malheur irréparable.

Elle venait de quitter la diligence à Lyon, et se faisait conduire au château de Fourvières, où son frère occupait la place de receveur des contributions.

Le fiacre s'arrêta devant une maison de modeste apparence. A travers les rideaux de mousseline d'un petit salon situé au rez-de-chaussée, la voyageuse aperçut une jeune fille exécutant sur le piano la dernière pensée de Weber ; plus loin, assise près de la cheminée, une autre jeune fille, la tête appuyée sur une de ses mains, paraissait livrée à de tristes réflexions. Le regard de mademoiselle Rosalie s'y attacha avec intérêt.

« Celle-ci, pensa-t-elle, est mon infortunée nièce. »

Un homme parut à la porte ; il considéra un moment la voyageuse, et allait lui adresser la parole, quand elle dit :

— Vous êtes M. Desportes, mon frère ?

C'était lui en effet : il embrassa sa sœur avec tendresse, et la fit entrer dans le salon dont nous venons de parler.

Madame Desportes accourut et accueilli. comme une amie attendue sa belle sœur, qu'elle voyait pour la première fois.

— Pourquoi, dit M. Desportes, ne nous avez-vous pas indiqué le jour de votre arrivée ? Nous serions allés vous attendre à la diligence.

Sans répondre à son frère, mademoiselle Rosalie regardait tour à tour les deux jeunes filles, qui s'étaient levées à son approche.

— Quelle est ma nièce ? demanda-t-elle.

— C'est moi, répondit la jeune musicienne en avançant de quelques pas.

Mais la main qui cherchait la sienne exprimait l'hésitation, et les yeux bleus de la jeune fille gardaient une immuable fixité.

Mademoiselle Rosalie attira sa nièce contre son cœur et la pressa dans ses bras en étouffant un soupir.

— Il y a bien longtemps, ma chère Eula-lie, dit-elle avec émotion, que je désirais embrasser l'enfant bien-aimée de mon frère.

— Et moi, ma chère tante, dès que j'ai su qu'après mon père et ma mère il était une personne qui méritait toute ma tendresse, je vous ai aimé avant de vous connaître.

— Je vous présente, dit M. Desportes à sa sœur, une nièce de ma femme (il désignait l'autre jeune fille). Caroline est avec nous depuis six semaines, et doit nous quitter incessamment pour entrer maîtresse d'étude dans un pensionnat de Lyon.

Mademoiselle Rosalie loua le courage de Caroline, qui, si jeune, se décidait à entrer dans la profession pénible de l'enseignement.

— La nécessité commande au courage, dit Caroline avec tristesse.

— Oui, dit Eulalie; mais tu sais bien que mes parents ne veulent pas que tu sois malheureuse, et qu'il y a place ici pour toi, si la tâche te semblait trop difficile.

Caroline ne répondit pas, mais elle serra la main de sa cousine, et regarda M. et Mme Desportes d'un air reconnaissant.

Quelques mots de la mère d'Eulalie apprirent à mademoiselle Rosalie que des pertes de fortune avaient forcé les parents de Caroline à consentir qu'elle s'éloignât d'eux pour chercher les moyens de les aider.

Malgré le vif plaisir causé par cette réunion, madame Desportes voulait que sa sœur se retirât dans sa chambre qu'on lui avait préparée, pensant bien qu'après le long voyage de Berlin à Lyon elle avait besoin de repos.

— Mon cœur est trop content, dit-elle, pour que je sente autre chose que lui.

Un repas fut improvisé, et les deux jeunes filles mirent un aimable empressement à le préparer.

La bonne tante ouvrait de grands yeux en voyant Eulalie sortir et reparaître avec les objets nécessaires au couvert, placer chaque chose où elle devait être, et cela avec une promptitude joyeuse, la sérénité sur le front, le sourire sur les lèvres.

Les parents d'Eulalie jouissaient de la surprise de leur sœur; plusieurs fois ils reprimèrent d'un signe amical les questions qu'elle brûlait de leur faire au sujet de la chère enfant.

— Demain, dit madame Desportes dans un moment où Eulalie se trouvait éloignée, je vous raconterai quelles ont été nos douleurs sur l'infirmité de ma fille, et ensuite notre joie en voyant les heureux effets d'une instruction spéciale dont une sainte bonté a conçu l'idée, et qui obtient les plus grands succès sur les infortunés privés de la vue.

Avant de dire adieu à sa tante, Eulalie alla prendre dans une corbeille à ouvrage une écharpe en laine et soie, faite au filet.

— Voyez, bonne tante, dit-elle, si vous n'étiez pas présente à ma pensée: ce travail vous attend depuis deux mois.

— Qui a fait cette écharpe ?

— Votre petite nièce, répondit Eulalie d'une voix caressante.

— Quoi ! vous, Eulalie !

— Moi-même, et avec bien du plaisir encore, en songeant que je vous la remettrais en main propre.

— Chère et bonne petite, dit la tante attendrie, combien je suis touchée de ce présent ! Je n'ai rien reçu de ma vie qui m'ait causé tant de satisfaction.

Elle embrassa de nouveau sa nièce, et suivit madame Desportes, qui la conduisit dans sa chambre. Là elle commença à interroger sa belle-sœur sur l'intéressante Eulalie. Celle-ci répondit :

— Les peines et les délices de la maternité sont longues à raconter. Vous avez besoin de sommeil, moi j'ai besoin de vous parler avec détail de ce qui a été l'événement de ma vie. Adieu donc, bon repos. Demain nous causerons tout autant que vous le voudrez.

En s'éveillant le lendemain, mademoiselle Rosalie se trouva heureuse d'être sous le toit de son frère, devenu le sien. Elle reconnut avec joie que le sacrifice qu'elle avait cru devoir faire à l'infortune de sa famille était sans objet, puisque le conten-

tement et la paix étaient sur les visages et
dans les cœurs. Néanmoins il devait y
avoir chez ces personnes qui l'interres-
saient si vivement une haute raison, un
courage exercé ; car enfin les douceurs de
l'aisance leur manquaient, cela était sûr
les services rendus dans l'intérieur par les
deux jeunes filles en faisait preuve.

En descendant elle les trouva occupées
toutes les deux dans la salle à manger :
Eulalie montait du café, Caroline épluchait
des fraises, tandis que madame Desportes
donnait des ordres à une femme qu'elle
occupait à la journée. Pour fêter l'arrivée
de la bonne tante, on dérogeait ce jour-là
à l'économie habituelle.

Mademoiselle Rosalie fut entourée et em-
brassée de toutes trois dès qu'elle parut.

— J'ai été deux fois dans votre chambre,
lui dit Euladie voir si vous étiez éveillée.

Vraiment ! répliqua la tante interdite
d'entendre Euialie s'exprimer et agir
comme elle l'aurait fait sans son infirmité.

— Oui, reprit la jeune fille, je me suis

approchée de votre lit, et, comme vous avez gardé le silence, j'ai compris que vous dormiez encore ; et je suis sortie avec les mêmes précautions qu'en entrant.

Après le déjeûner, auquel était venu se joindre M. Desportes, Euladie et Caroline proposèrent une promenade.

— Voulez-vous, ma tante, demanda Caroline à madame Desportes, que nous allions sur les hauteurs du coteau? La vue est si magnifique ! elle ferait, j'en suis sûre, grand plaisir à mademoiselle votre sœur.

— Il me semble, dit Eulalie, qu'il fait trop chaud pour y aller ce matin. La vallée est plus agréable : les arbres y sont si beaux, les gazons si frais, les ruisseaux si murmurants, et puis la route qui y conduit est charmante, nous y cueillerons des bouquets pour ces dames.

En entendant cette description, mademoiselle Rosalie, confondue d'étonnement, se tourna du côté de sa belle-sœur d'un air qui disait:

— Ai-je rêvé que ma nièce était aveugle?

Les Fleurs.   5

La mère d'Euladie sourit, pressa en silence les mains de la bonne tante, et dit :

— Mes enfants, il serait plus raisonnable d'attendre à ce soir pour la promenade ; mais c'est ma sœur qui en décidera.

— Eh bien ! je suis de votre avis, répliqua mademoiselle Rosalie.

— Allez donc dans votre chambre, dit madame Desportes aux jeunes filles : quand vous aurez fini votre travail, vous viendrez nous trouver dans le salon.

Elles lui obéirent.

Dès que mademoiselle Rosalie se vit seule avec sa belle-sœur, elle lui dit :

— Vous me voyez stupéfaite et ravie de tout ce que je vois et j'entends de la part de notre aveugle ! Mais dites-moi comment on a pu lui apprendre à suppléer à la vue qui lui manque ? Je ne sais trop si cette expression est juste, puisque Eulalie semble ne reconnaître aucune privation.

— Cela est vrai, et c'est pour moi une joie intime, ineffable, d'avoir l'assurance qu'une infirmité si cruelle ne trouble en aucune manière la paisible destinée de ma fille.

— Mon frère m'a écrit que c'est à Paris, à l'institution des Jeunes-Aveugles, qu'elle a reçu le bienfait d'une instruction appropriée à cette infirmité. Il a dû vous coûter beaucoup de vous séparer de cette chère enfant ?

— Je ne saurais vous le dire. Ce fut une peine presque égale à celle que me fit éprouver la découverte de son malheur.

— En effet, vous fûtes plusieurs mois sans savoir qu'Eulalie était aveugle.

— Hélas ! oui, je la nourrissais avec tendresse et bonheur. Elle croissait sur mon sein et sous mes caresses. Lorsque, aux premiers signes de son réveil, j'accourais près de son berceau en l'appelant de tous les noms qu'invente l'amour maternelle, elle tressaillait de joie, me tendait ses petits bras ; mais son regard ne venait jamais se reposer dans le mien. Elle faisait éclater le même contentement à la voix de mon mari. Mais, si j'allais la mettre dans ses bras, elle jetait des cris juqu'au moment où les paroles de son père lui apprenaient quels bras la portaient.

» Ces observations que nous faisions en commun excitèrent nos alarmes. Nous fîmes appeler un médecin oculiste. Il examina attentivement les yeux de ma fille, et nous déclara qu'elle était aveugle ! Je restai muette, folle de douleur. Mon mari demanda au docteur s'il jugeait ce malheur sans remède. Il l'affirma et nous laissa plongés dans un morne désespoir. Oh ! alors quelles nouvelles sources de tendresse se révélèrent dans mon âme ! quel aspect touchant et sacré prit à mes yeux cette chère victime!

» Cependant la pauvre petite conservait son visage heureux, ses joies naïves, quand des tortures déchiraient le cœur de ses parents.

» Après avoir reconnu l'inutilité des secours humains, je m'adressai à Dieu ; je lui demandai pour mon enfant tous les trésors de ses consolations, tous les appuis de sa bonté. Dieu m'écouta, ma sœur, et je pris force contre ma peine. Je méditai sur le langage que je devais tenir à ma fille ; ma fille, ma seul pensée, ma vie tout entière. Mais cette idolâtrie de la tendresse je la tenais cachée dans mon âme, car Eulalie devait être raisonnable, courageuse, pour moins souffrir.

» Quand l'intelligence commença à se développer chez elle, je lui appris à connaître un grand nombre d'objets par l'inspection des mains, et je lui faisais ensuite comprendre par analogie ce que nous ne pouvions soumettre au contact.

» Je savais que tant que je vivrais ma fille sentirait peu son infirmité ; mais c'était en me perdant qu'elle acquerrait la connaissance de sa triste dépendance, et de la fatale exception qui alors pèserait sur sa vie.

» Ces considérations me donnèrent le ourage, malgré ses larmes et les miennes, de consentir à m'en séparer durant quelques années.

» Je la conduisis à Paris, dans l'établissement des *Jeunes-Aveugles*, fondé depuis vingt ans, et dirigé avec une sollicitude paternelle par le docteur Guillié (*). Je confiai mon enfant à cet homme respectable et bon, et je revins chez moi ne sachant plus que faire de mes jours.

» Au bout d'un an j'allai visiter ma fille, et je fus consolée en voyant les progrès qu'elle avait déjà faits dans cet enseignement protecteur.

» Chaque année je passai un mois avec elle, jouissant de ce qu'elle avait acquis, et prenant confiance dans la possibilité de son bonheur.

» Après l'avoir laissé quatre ans chez le docteur Guillé, je la ramenai à la maison.

» Elle avait appris à utiliser son temps, ses mains étaient formées à l'adresse, et des connaissances en histoire, en géographie, ornaient son esprit.

» Voici deux ans qu'Eulalie est de retour,

(1) Le directeur actuel est M. Dufau. Le premier établissement pour les jeunes aveugles fut fondé en 1784 par les soins de plusieurs personnes bienfaisantes, à la tête desquelles on doit nommer M. Haüy.

et nulle peine ne m'attriste à son sujet, car j'ai la certitude qu'elle est heureuse. »

— Ah ! ma sœur, dit mademoiselle Rosalie, vous êtes la femme forte des saintes Ecritures, et vous méritez les biens accordés à votre situation. Je ne saurais vous dire combien mon cœur est soulagé de vous voir tous si calmes, si satisfaits !

» Maintenant que vous avez répondu à la curiosité d'intérêt qui me dominait, pouvons-nous rappeler Eulalie ! j'éprouve tant de joie à la voir agir avec cette facilité de manières, ce repos d'esprit, qui ajoutent aux charmes de sa figure !

— Si vous le permettez, dit madame Desportes, nous attendrons ici son retour. Elle prépare sa cousine à l'examen que celle-ci doit subir avant d'entrer dans la pension dont je vous ai parlé.

— Ainsi donc Eulalie est dans le cas d'enseigner ?

— Oui : sa mémoire est infaillible, son jugement est sûr. Je dois vous dire aussi que son père, dans les fréquents entretiens qu'il a avec elle, dirige son esprit vers les choses morales et sérieuses, et lui apprend ce qu'elle ignore. Pendant les soirées d'hiver, tandis qu'Eulalie et moi nous tricotons (ce travail monone m'est devenu agréable depuis que je le fais avec ma fille), mon mari nous lit les *Vies de Plutarque*, l'histoire de *Tacite*. Quand il se repose, c'est pour attirer nos réflexions sur les faits les plus remarquables, et les soumettre à notre appréciation. Sa sollicitude pour notre chère enfant sert, comme vous le voyez, au développement des facultés de la mère et de la fille.

Les deux belles-sœurs continuèrent de s'entretenir avec amitié et confiance jusqu'au moment où les jeunes filles vinrent les rejoindre.

Le soir on se rendit à la vallée, et c'était plaisir de voir la charmante aveugle, guidée par Caroline, chercher de la main, le long des sentiers, les fleurs qui croissent parmi les gazons, les cueillir et en former de jolis bouquets pour sa mère et pour sa tante.

On fit une halte dans la vallée éclairée par les rayons rougeâtres d'un soleil couchant. Caroline tira d'un panier les gâteaux qu'Eulalie avait faits le matin ; et celle-ci mit rafraîchir une cruche de lait dans le ruisseau qui coulait à leurs pieds.

Caroline, préoccupée de son avenir, ne sachant pas si elle serait trouvée propre à l'emploi sollicitée par elle, gardait le silence au milieu des manifestations de bien-être qui se faisaient entendre autour d'elle.

— Ne soyez donc pas triste, ma chère enfant, lui dit avec bonté mademoiselle Rosalie.

— Oh ! oui, grondez-la, ma tante ; elle a des yeux qui voient, elle ; pourtant elle ne rit jamais.

Ces mots frappèrent la tante d'Eulalie : c'étaient les premiers qui indiquassent que la jeune infirme s'avouait la différence existant entre elle et les autres.

— Vous croyez donc la vue un moyen de bonheur, ma chère Eulalie? dit la tante avec un peu d'hésitation.

— Je ne le pense pas, répondit en souriant la jeune aveugle, puisqu'il ne me manque absolument rien. Mais je voulais avoir le droit de gronder ma cousine, et, pour cela, je me rappelais les paroles que quelques personnes ont dites en me voyant : « Pauvre jeune fille, elle est aveugle ! » Je leur ai su bon gré de leur compassion, bien qu'elle me parût sans objet.

Après avoir joui longuement de la fraîcheur d'une belle soirée, on reprit le chemin de la maison.

Au moment où la bonne tante allait se retirer dans sa chambre, madame Desportes lui dit :

— Nous faisons en commun la prière du soir et celle du matin ; vous plairait-il de vous joindre à nous ?

Mademoiselle Rosalie approuvait cette pieuse habitude de famille ; elle s'y unit volontiers.

C'était dans la chambre d'Eulalie qu'avait lieu la sainte pratique. On s'agenouilla devant l'image du Christ, et la jeune aveugle commença la prière. Quand elle fut terminée, Eulalie ouvrit un gros livre disposé sur le prie-Dieu. Après l'avoir feuilleté quelques secondes, elle reconnut, à une marque faite au signet, la page qu'elle cherchait. C'était le magnifique cantique des jeunes hommes dans la fournaise. Elle le lut avec l'accent de l'admiration et de l'amour !

Sa bonne tante ne priait plus : cette surprise surpassait toutes les autres. Ce fut un grand soulagement pour elle lorsque le dernier signe de croix mit fin à l'acte pieux.

— Elle lit donc aussi ? dit-elle à madame Desportes dès qu'Eulalie fut sortie.

— Oui, répondit celle-ci avec l'expression du contentement, mais pas dans tous les livres.

Elle montra à sa belle-sœur le livre où chaque soir Eulalie faisait une lecture. C'était l'histoire de l'Ancien et du Nouveau-Testament. Les caractères en relief étaient aussi fort gros, et Eulalie lisait avec les doigts.

Ce livre, auquel manquait une partie des Evangiles, et qui, par cette raison, avait été mis hors de service à l'établissement des

Jeunes-Aveugles, devint, par l'obligeance du directeur, la possession d'Eulalie.

— Vous voyez, dit madame Desportes en quittant sa belle-sœur, que j'ai réglé mon intérieur de manière à ce que ma fille ait dans la communauté sa part des obligations et des charges. Par ce moyen, elle ne sent pas son infirmité, et se trouve heureuse de ce qu'elle fait pour les autres.

— Oh ! vous avez dignement secondé les efforts d'une instruction dictée par une tendre humanité, et je remercie Dieu de m'avoir amené ici pour être témoin de ce que peuvent la raison et la vertu sur la destinée de l'homme.

LE NID DE FAUVETTE

———◆———

Maman, maman, s'écriait un soir Symphorien, en se précipitant tout essoufflé sur les genoux de sa mère, voyez, voyez ce que je tiens dans mon chapeau.

MADAME DE BLEVILLE.

Ha, ha ! c'est une fauvette. Où l'as-tu donc trouvée ?

SYMPHORIEN.

J'ai découvert ce matin un nid dans la haie du jardin. J'ai attendu la nuit; je me suis glissé tout doucement près du buisson, et, avant que l'oiseau s'en doutât, paff ! je l'ai saisi par les ailes.

MADAME DE BLEVILLE.

Est-ce qu'il était seul dans son nid ?

SYMPHORIEN.

Ses enfants y étaient aussi, maman. Ah ! ils sont si petits, qu'ils n'ont pas encore de plumes. Je ne crains pas qu'ils m'échappent.

MADAME DE BLEVILLE.

Et que veux-tu faire de cet oiseau ?

SYMPHORIEN.

Je veux le mettre dans une cage, que j'accrocherai dans notre chambre.

MADAME DE BLEVILLE.

Et les pauvres petits?

SYMPHORIEN.

Oh! je veux aussi les prendre, et je les nourrirai. Je cours de ce pas les chercher.

MADAME DE BLEVILLE.

Je suis fâchée que tu n'en aies pas le temps.

SYMPHORIEN.

Oh! ce n'est pas loin. Tenez, vous savez bien le grand cerisier? c'est tout vis-à-vis. J'ai bien remarqué la place.

MADAME DE BLEVILLE.

Ce n'est pas cela, c'est que l'on va venir te prendre. Les soldats sont peut-être à la porte.

SYMPHORIEN.

Des soldats ? pour me prendre ?

MADAME DE BLEVILLE.

Oui, toi-même. Le roi vient de faire arrêter ton père ; et la garde qui l'a emmené, a dit qu'elle allait revenir pour se saisir de toi et de ta sœur, et vous conduire en prison.

SYMPHORIEN.

Hélas ! mon Dieu ! que veut-on faire de nous ?

MADAME DE BLEVILLE.

Vous serez renfermés dans une petite loge, et vous n'aurez plus la liberté d'en sortir.

SYMPHORIEN.

Oh ! le méchant roi !

MADAME DE BLEVILLE.

Il ne vous fera pas de mal. On vous servira tous les jours à manger, à boire. Vous serez seulement privés de votre liberté et du plaisir de me voir. (*Symphorien se met à pleurer.*)

MADAME DE BLEVILLE.

Eh bien ! mon fils, qu'as-tu donc ? Est-ce un malheur si terrible d'être enfermé, quand on a toutes les nécessités de la vie? (*Les sanglots empêchent Symphorien de répondre.*)

MADAME DE BLEVILLE.

Le roi en agit envers ton père, ta sœur et toi, comme tu en agis envers l'oiseau et ses petits. Ainsi, tu ne peux l'appeler méchant, sans prononcer la même chose de toi-même.

SYMPHORIEN, *en pleurant.*

Oh! je vais lâcher la fauvette. (*Il ouvre son chapeau, et l'oiseau joyeux se sauve par la fenêtre*).

MADAME DE DLEVILLE, *prenant Symphorien dans ses bras.*

Rassure-toi, mon fils, je viens de te faire là un petit conte pour t'éprouver. Ton père n'est pas en prison ; et ni toi, ni ta sœur, vous ne serez renfermés. Je n'ai voulu que te faire sentir combien tu agissais méchamment, en voulant emprisonner cette pauvre petite bête. Autant que tu as été affligé lorsque je t'ai dit qu'on allait te prendre, autant l'a été cet oiseau, lorsque tu lui as ravi sa liberté. Penses-tu comme le mari aura soupiré après sa femme, et les enfants après leur mère ; combien celle-ci doit gémir d'en être séparée ? Cela ne t'est sûrement

pas venu dans l'esprit, autrement tu n'aurais pas pris l'oiseau. N'est-il pas vrai, mon
cher Symphorien ?

SYMPHORIEN.

Oui, maman ; je n'avais pensé à rien de
tout cela.

MADAME DE BLEVILLE.

Eh bien ! penses-y dorénavant, et n'oublie
pas que les bêtes innocentes ont été créées
pour jouir de la liberté, et qu'il serait cruel
de remplir d'amertumes une vie qui leur a
été donnée si courte. Tu devrais apprendre
par cœur, pour mieux t'en souvenir, une
petite pièce de vers de ton ami.

SYMPHORIEN.

De l'Ami des Enfants ? Oh ! récitez la moi;
je vous en prie.

MADAME DE BLEVILLE.

Tiens, la voici :

Je le tiens, ce nid de fauvette,
Ils sont deux, trois, quatre petits;
Depuis si longtemps je vous guête,
Pauvres oiseaux, vous voilà pris.

Criez, sifflez, petits rebelles,
Débattez-vous; oh! c'est en vain;
Vous n'avez pas encor vos ailes.
Comment vous sauver de ma main?

Mais quoi! n'entends-je pas leur mère,
Qui pousse des cris douloureux?
Oui, je le vois, oui, c'est leur père
Qui vient voltiger autour d'eux.

Ah! pourrais-je causer leur peine,
Moi, qui l'été, dans ces vallons,
Venais m'endormir sous un chêne,
Au bruit de leurs douces chansons?

Hélas! si du sein de ma mère
Un méchant venait me ravir!
Je le sens bien, dans ma misère,
Elle n'aurait plus qu'à mourir.

Et je serais assez barbare
Pour vous arracher vos enfants !
Non, non, que rien ne vous sépare,
Non, les voici, je vous les rends.

Apprenez-leur, dans le bocage,
A voltiger auprès de vous ;
Qu'ils écoutent votre ramage,
Pour former des sons aussi doux.

Et moi , dans la saison prochaine,
Je reviendrai dans ces vallons,
Dormir quelquefois sous un chêne
Au bruit de leurs douces chansons.

DIVERS TRAITS PATRIOTIQUES

—

Jacques Cœur, natif de Bourges, était un riche négociant, sous le règne de Charles VII; ce n'est pas là son mérite; mais il sut faire de ses richesses un usage d'un excellent citoyen : voilà sa gloire. Son souverain manquait d'argent pour conquérir la Normandie, occupée par les Anglais. Jacques Cœur lui en fournit avec une générosité qu'on ne saurait trop louer. Du fond de son comptoir, il contribuait autant à recouvrer cette belle province, que les généraux qui la soumettait les armes à la main ; ils prodiguaient leur sang : souvent le dernier de ces sacrifices n'est pas celui qui coûte le plus.

Ce zèle d'un citoyen pour son roi, nous l'avons vu se renouveler de nos jours d'une manière bien glorieuse pour notre siècle. Notre marine n'était presque plus rien ; de fiers rivaux insultaient à notre humiliation ; ils oubliaient que le meilleur des rois s'était arrêté au milieu de ses conquêtes et de ses victoires, pour lui donner la paix : ils nous proposaient des conditions honteuses. En tout temps, l'amour des Français pour leur prince fut un fonds de richesses inépuisables: une marine nouvelle apparut tout à coup sur les flots : les provinces, les villes ont construit des vaisseaux ; les particuliers se sont réunis pour le même dessein ; les femmes même, surpassant ces dames romaines dont on nous vante si fort le zèle pour la patrie, ont sacrifié les ornements de leur parure pour procurer d'utiles secours.

N'avait-il pas raison notre bon Henri IV, de répondre à ce duc de Savoie qui lui demandait combien lui rendait la France : Elle me rend tout ce que je veux, car je possède le cœur de mes sujets. »

Dans La Fontaine, il y a une jolie fable, à laquelle ces beaux mots servent de sens moral : *Plus fait douceur que violene.*

La conduite que le maréchal de Villars tint, au commencement du dernier siècle, à l'égard des révoltés des Cévennes, fut une nouvelle preuve de cette vérité : il fut nommé pour remplacer le maréchal de Montre-vel, qui, n'écoutant que la sévérité, n'avait réussi qu'à irriter encore davantage les Camisards, en cherchant à les effrayer par des supplices. Villars prit une route opposée, et le succès couronna ses démarches ; en assez peu de temps, la plupart des chefs rebelles s'étaient soumis ou avaient été arrêtés.

Il ne leur en restait plus qu'un, dont on avait été obligé de mettre la tête à prix. Il se tenait caché dans les montagnes ; mais, réfléchissant enfin que tôt ou tard il serait pris, et porterait la peine de sa révolte, touché d'ailleurs de la générosité et des vertus de M. de Villars, il se rendit secrètement auprès de sa personne, et lui demanda s'il n'était pas vrai qu'il eût promis mille écus à celui qui le livrerait mort ou vif.

Oui, dit le maréchal, qui ne le connaissait que de nom. « Eh bien! reprit-il, en se jetant à ses genoux, j'aurais droit à cette récompense, si mes crimes ne m'en rendaient indigne; je vous apporte moi-même cette tête proscrite, disposez-en comme bon vous semblera. »

Monsieur de Villars fut surpris de l'action du Camisard, et, charmé de la confiance qu'il lui témoignait, il le releva, lui fit compter les mille écus, lui expédia une amnistie générale pour lui et quatre-vingts personnes de sa suite. Ce trait fut rapporté dans les montagnes où s'étaient réfugiés les rebelles: la générosité de M. de Villars fit sur eux l'impression la plus vive; ils quittèrent les armes, et à un très-petit nombre près, tout rentra dans le devoir.

Henri IV, ce roi dont toutes les paroles peignaient la bonté de son âme, avait bien raison de dire : « On prend plus de mouches avec une cuillerée de miel, qu'avec vingt tonnaux de vinaigre. »

(Vie des Hommes illustres)

La prise de Namur, en 1692, est un des plus beaux événements militaires du siècle passé. Louis-le-Grand, à la tête de quarante mille Français, ayant avec lui le grand Condé et Vauban, dirigeait en personne les opérations du siége, tandis que Luxembourg arrêtait ce fameux prince d'Orange, le plus rusé et le plus malheureux des généraux de son temps. La ville et le château furent emportés en moins d'un mois; nos troupes y firent des prodiges de valeur.

A l'attaque d'un ouvrage avancé, un grenadier à cheval, surnommé *Sans-Raison*, ayant vu tuer le lieutenant de sa compagnie, résolut de venger sa mort ; cet officier s'appelait *Roquecrest* ; c'était un de ces hommes; qui, loin de laisser affaiblir leur religion dans le tumulte des armes, savent y porter la dévotion jusqu'à la ferveur; il avait communié la veille, et son corps fut trouvé revêtu d'un cilice ; on n'en est que plus intrépide, lorsqu'au zèle pour son roi l'on joint l'amour pour son Dieu. *Sans-Raison*, qui regrettait ce brave homme, devint un héros pour se venger; parmi les victimes qu'il lui immola se trouvait un capitaine espagnol, fils du comte de Lemos; il leur fut rendu; le grenadier rendit aussitôt trente-cinq pistoles qu'il avait trouvées sur le mort, en disant : « Tenez, voilà son argent dont je ne veux point; les grenadiers ne mettent la main sur les gens que pour les tuer. »

(Lettre de Racine à Boileau).

BEL EXEMPLE

DE L'ATTACHEMENT A SES DEVOIRS

Lorsque le duc d'Orléans, régent de France, est forcé, par les liaisons qu'il a avec les cours de Vienne et de Londres, de déclarer la guerre à Philippe V, il donne le commandement de l'armée française au maréchal de Berwich. Ce général apprend que le duc de Liria est dans le camp espagnol. Dans la crainte qu'il a que son fils, servant contre lui, ne remplisse pas ses devoirs comme il convient, il lui écrit pour l'exhorter à donner à la patrie qu'il a adoptée toutes les preuves du zèle et de fidélité qu'il doit. « Je saurai concilier mes différents devoirs, répondit le duc de Liria ; ce que je dois à l'auteur de mes jours ne me fera jamais oublier ce que je dois au roi d'Espagne, mon maître : j'aurai toujours devant les yeux les instructions et les exemples d'un père respectable, qui ne rougira jamais de m'avoir pour fils. »

(Mémoires de Berwick.)

———————

Un gentilhomme français, nommé La Tour, étant allé à Londres, y épousa une fille d'honneur de la reine d'Angleterre, et fut fait chevalier de l'ordre de la Jarretière. Cette récompense est la source ou devient la récompense de l'infidélité qu'il fait à sa patrie. Il s'engage à mettre les Anglais en possession du Cap-de-Sable ; c'était le seul poste qui restait aux Français dans l'Acadie, en 1628. On lui donne deux vaisseaux de guerre, où il s'embarque avec sa nouvelle épouse. Dès qu'il est à la vue du fort, il se fait débarquer, va seul trouver son fils qui y commande, cherche à l'éblouir par l'idée qu'il veut lui donner de son crédit à la cour de Londres, et le flatte des plus grands établissements, s'il veut lui livrer l'Angleterre. Le jeune commandant écoute avec indignation les propositions de son père, et n'est pas plus intimidé par les menaces que séduit par les caresses. Alors on prend le parti de l'attaquer, et il défend sa place avec le même succès qu'il a défendu sa vertu.

La Tour père se trouva embarrassé; ne pouvant retourner en France, et n'osant retourner en Angleterre, il prie son fils de souffrir qu'il demeure en Acadie. Le jeune homme lui répond qu'il lui donnera un asile; qu'il pourvoira abondamment à tous ses besoins, mais qu'il ne permettra jamais que lui ou sa femme entrent dans son fort. Quoique la condition paraisse dure, on s'y soumet, et on est dédommagé, autant qu'il est possible, de cette sévérité par les attentions les plus tendres et les plus suivies.

(Histoire de la nouvelle France.)

Limoges, — Imp. Marc Barbou et Cie.

T D'IMPRIMERIE TROUVE DANS LA RELIURI

, faire sonner les cloches avant quatre heures du matin ; neuf heures du soir, de Pâques à la Toussaint; ni avant cinq du matin et après huit heures du soir, de la Toussaint à Pâques ; ; toutefois la nuit de Noël.

TITRE II

SONNERIES CIVILES

ART. 4

chaque commune, le Maire ou son délégué aura le droit de

www.ingramcontent.com/pod-product-compliance
Lightning Source LLC
Chambersburg PA
CBHW051929280626
47162CB00025B/2180